鎌倉
ひとり
10km

新橋 典呼
Nibashi Fumiyo

文芸社

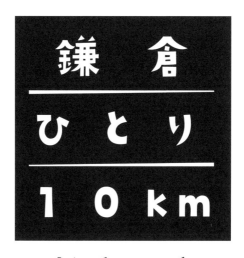

目次

鎌倉　ひとり　10km

第一章　揺れるのは電車だけではなく

目覚めたのは、予定を三十分過ぎてだった。友達との約束がある日なら、うわぁぁ～と声を上げるところだが、この日亀井万歩《かめいまほ》は一言も発さずに飛び起きた。

厚いカーテンを開けて、用意しておいた服に着替える。深緑色のポロシャツと紺のジーンズ、短い靴下。

薄いカーテンも開けて、階段を駆け下りる。

「おはよう！」

「おはよう。大丈夫なの？」

階下にいた母の迪子《みちこ》はぽかんとしつつも挨拶を返す。

「大丈夫」

第一章　揺れるのは電車だけではなく

洗面所から万歩が歯を磨きながらなのか、こもった声で返す。

迪子はクスッと笑って台所に戻り、おたまを手に取り、万歩が来るまでによそっておこうとしている。

五分後、万歩は「いただきます」と言うが早いか、切り干し大根の酢漬けを口に放り込んだ。味噌汁、玄米入りご飯、鯵《あじ》の開き、りんご……。普段の三分の一の時間で食べ進め、食器の上は梅干しの種だけになっていた。

「ご馳走さま。かっ込んでごめんね」

「んーん。今日は仕方ないわよ。そんなに急に立ち上がって平気なの？」

昨夜、お世話になった上司のお別れ会で、少し酔って帰宅していたからである。

「平気よ」

と、万歩がスニーカーを履きながら答える。

「行ってきます」

「行ってらっしゃい。気を付けて」

リュックサックを背負い、ズボンと同じ色の上着を腕にぶら下げた万歩を見送りながら迪子は思った。

「いとこ同士で、珍しいところが似たわね」

ゆっくりと朝食を取りながら、迪子は甥の岩佐雄一《いわさゆういち》のことを思い出していた。万歩にとっては十歳違いの一番年長のいとこ、亡夫にとっては親戚内で唯一人の将棋仲間でもあった。夫に借りていたという棋力判定の問題集を返しに来た時、彼は自分が二十歳だった時の話をした。成人を機に参加したボランティア研修の第二回予定日と町長選挙の投票日が重なることを知り、期日前投票に行ったのだ。

＊

思えば、薄暗い階段を上りだした時から嫌な予感はしていた。廊下はひんやりしていて、すれ違う職員はにこりともしない。突き当たりの会場に着いても誰もいない。仕方なく、「すみません。期日前……」と、声を掛けたら、やっと奥から背広の紳士がのそのそと来て、汚い物でも投げるように手を動かして椅子に座るよう指示した。そして座った瞬間、専用の紙とペンが置かれ「書いて」と、高圧的な声が響いた。

専用の紙には右から順に名前、住所、生年月日、期日前投票事由を書くよう欄が設けられている。岩佐雄一と書いて、念のためふりがなをふった。生年月日を書きながら、童顔だから二十歳だと信じてもらえるか不安になった。最後の事由欄だけ、仕事や仏事等当てはまるものに丸をつけるようになっている。その他に丸をつけ、横の括《かっ》弧《こ》内に勇気を出してボランティアと書いた。顔を上げ「書けました」と言うと、紙をひったくられた。

職員はフンフンと不気味に鼻を鳴らしながら確認していたかと思うと急に「ボランティア？」と、素っ頓狂な声を発したので、雄一のほうが恥ずかしくなった。しかし職員は頓着せずに、

「何のため？」

「団体名は？」

「代表は？」

と、矢継ぎ早に質問してくる。

「足の不自由な方と旅行するためです」

「たんぽぽ旅団です」

「世良《せら》さんといいます」

雄一は順番も違《たが》えずはきはきと答えると、職員は顔をしかめて先ほどの紙を乱暴に机に置きながら、

「団体の連絡先、書いて！」

と、怒鳴った。雄一は携帯電話を出しながら、

「念のため写します」

と言い、携帯を机に置いて04……と書き始めると、職員が携帯を取り上げた。

あまりの態度に返すよう言おうとしたまさにその時、部屋の空気にそぐわないのびやかな声が聞こえた。

「はい、たんぽぽ旅団です」

世良だ。どうやら発信ボタンが押されていたらしい。雄一が代わるより早く、職員

が応えた。

「こちらは、二磯町《にいそまち》役場の二階堂《にかいどう》と申します。お時間よろしいでしょうか？」

馬鹿丁寧。

「はい」

「代表の世良様はいらっしゃいますか？」

「私です。二磯町？　岩佐君の件ですか？」

「はい」

「何かあったのでしょうか？」

「今、期日前投票にお見えで」

「あ、では無事に」

「受け付けが終わったところです」

「そうですか。でも、もう安心でしょう！」

「と、いいますと？」

「期日前投票を勧めたのは私でして。岩佐君は初投票で緊張しているかと思いますが、頼もしい二階堂さんが最後まで付いていて下さるんですもの、失敗はあり得ませんよね？」

「はい、それはもちろん！」

「ご連絡、恐縮です。失礼します」

「どういたしまして。失礼します」

頼もしいと言われて気を良くしたのか、お辞儀までしている。雄一は笑いを堪えた。二階堂は雄一の今にも噴き出しそうな顔に気づかないふりをして、一つだけ咳払いをした。二面性のあるところをさんざん見せつけてもなお威厳を保ちたいのか？　なんだか急に二階堂が哀《あわ》れに思え、雄一のほうから口を開《ひら》いた。

「初めてなので、次はどうしたらいいか説明して下さい」

無事に投票したが、結局二階堂の口からは一言の詫《わ》びもなかった。

＊

この打ち明け話をした一ヵ月後、雄一は日本を発った。

迪子は悔しかった。政治参加の入り口・ボランティア初参加でそんな目に遭ったのに、隣の町内にいる伯母の自分にすぐに言ってくれなかったことが。

だが、同時に嬉しくもあった。悲しい経験をバネにし、ボランティアをやり遂げる一方で一度も棄権することなく選挙に行き続けていることや、旅行後、福祉機器製造業社に就職して海外赴任まで命じられるようになったこと、激務の合間を縫って夫の将棋の相手をしてくれたことが。万歩はそんないとこの影響を受けているのだろうか……？

ボランティアを支えるためなら、いつでもどこでも何でもしようと迪子が決意したのは、この話を聞いたあとだと自覚している。今朝、喜んで万歩に協力したのはそんな気持ちの下地があったからだ。

万歩は、東海道線のロングシートの右端に座っていた。ガタゴトという音に合わせて、毎日見ている家々や海が、時々母と行くスーパーが窓の向こうに近づいては遠ざかる。

隣の市との境を流れる川が見えた時、ふと今日が日曜日だということを思い出した。すると、今までこんなにも慌てていたことが急に馬鹿みたいに思えてくる。

万歩が向かっているのは、仕事でも習い事でも冠婚葬祭でもない。参加者が決められた道を10キロ歩いたら、病気や災害で親を亡くした子供達への育英金が協賛企業から主催団体に支払われるという、自由参加のボランティアだ。誰にも行くという約束をしていないので、当日急に参加できなくなっても何も迷惑はかからない。自分が受け付けの時間に間に合うようにと食事を用意してくれた母に申し訳ない気はするが、疲れていて歩き切れるか不安だったことを正直に言えば、許してくれるだろう。

遠くにホームの端が見えてきた時、万歩は座席から立とうとした。が、次の瞬間、頭を左右に軽く振って座り直した。折角だからもう一駅進んで久しぶりの景色を見ようと思った。いつもはこの駅で降りるので、少しだけお出掛け気分を楽しむのだ。そう思うと何故か、今度は予定通り参加した場合の利点が浮かんできた。歩けなかった悔しさはないだろうし、母にも後ろめたくない。何より、自分が歩くことで誰かが進学できるというのは他では得られない体験だ。どんな子の夢を叶えられるのかと思うとワクワクする！

でも……と、もう一度万歩は考えた。それも無事歩き切っての話だ。そもそも、自分は目覚まし時計をかけ忘れて、三十分も寝過ごしてしまったではないか。今も油断すると欠伸《あくび》が出そうだ。最後まで歩き切れなくて、参加しなかったのと同じになってしまうのは惜しい。それに、一番怖いのは事故だ。歩いている間にウトウトして車に撥ねられたりしたら……。主催団体が責任を問われたりしたら……。いやいや、受付けを済ませたら自覚が出て、ちゃんと歩くでしょ。本当に、そう言い切れる？

万歩の心中は、電車以上にガタゴト揺れている。堂々巡りになりそうなので、半ば強引に顔を上に向けた。窓の向こうの電線に雀が三羽止まって、それぞれの速度で体を上下に動かしている。

「嫌だぁ、雀まで揺れているじゃない」

万歩は、プッと噴き出してしまった。

第二章　祈るのは自分のことだけではなく

電車が藤沢駅に着くと、万歩は跳ねるように降りてホームを走っていった。自分でも驚く速さで改札を抜けてもまだ足は止まらず、右へ右へと曲がってあっという間に江ノ島電鉄の駅へ着いた。ふと、トイレにも行かず家を出たのだと思い出し、トイレの列に並ぶ。四人目。一本逃すかもしれないが、これから乗る江ノ電の三両の電車の中にはトイレはない。

用を足しホームで携帯電話を見た瞬間、残念な四文字が頭に浮かんだ。遅刻確定！改札をくぐる前に時間を確認していたら引き返すこともできたかもしれない。が、交通カードの履歴を消してしまうのは違う気がする。こうなったら、景色を楽しんでしまうほうがいい。参加するかは、乗っている間に自然に決まるだろう。もしかしたら途中の駅で降りてその周りを散歩して帰るかもしれないと思っていたら、電車が来た。

予想より利用者が多くほとんどが年配の方か子供連れの家族だった。万歩は立った。

吊り革にも景色にも懐かしさを覚え、父と乗ったことを思い出した。その父も、もういない。ふとある少女の顔が脳裏に浮かび、

「妙華《たえか》ちゃん。私の父さんもいなくなった」

と、心の中でつぶやいた。

＊

芳友《よしとも》妙華は、六年前このウォーキング会が始まった時にお台場のコースで出会った子だ。当時、小学校五年生。もうすぐ開会式が始まるという時、三十代半ばの女性に声を掛けられた。

「あの、すみませんが……」

本当にすまなそうなその声は、すぐに反応しないと消えてしまいそうだった。

「はい」

「私は、芳友と申します。本当に急で恐縮なのですが、娘と歩いて下さいませんか？」

「はい。初参加ですが、構わなければ」

「会自体が今年から始まるのですから、皆さん同じですよ。では、私は主催の方と相談しながら歩きますので」

「何かご提案ですか？」

「いえ」

と言って、女性は娘をちらりと見てから万歩の耳元でささやいた。

「私、三ヵ月前に夫を亡くして。この子の将来を育英会の方と話し合いたいと思っています」

「そうでしたか。聞いてしまって申し訳ございませんでした。では、一緒に歩きます」

「有り難うございます。娘の名前は妙華です」

そう言って一礼して去っていく後ろ姿は、観音様のように光って見えた。

妙華は、レインボーブリッジの近くの道を歩きながら、お父さんの思い出や今の自分のことを雪崩《なだれ》のように話し続けた。

　お父さんは彼女が飽きるまで積み木で遊んでくれ、町内の誰よりも足が速くて、歌は苦手だったらしい。そして妙華がランドセルを背負う頃から夕食は一緒に食べられなくなり、いつの間にか日曜日は眠ってばかりになり、ガリガリに痩せて最後はまったく動けなくなってしまったらしい。

　お母さんは仕事を一つ増やして前にも増して疲れているのに辛そうな顔一つ見せない。それどころか、妙華に我慢させてしまっているからといつもおかずを等分にしてくれる。

「たまにはお母さんが多めに食べなよぉ」

と、冗談めかして言いたい。でも、あとでお腹が空いたらと思うと怖くて言えない。そんな自分も嫌なんだと言う。

　妙華の気晴らしは、公民館で宿題をしたり学童保育で違う学年の子も交えて遊んだりしている時間だ。周りの皆は、妙華の環境の変化を知ってか知らずか、お父さんがいた頃と変わらず接してくれている。それが心地いい。今の願いは、小学校卒業まで学童保育がなくならないで欲しいということだ。中学校に進んだら、友達と一緒にお金がかからなくて長い時間活動している部に入りたいと言う。

聞けば聞くほど、お母さんに遠慮してお父さんのことや自分の気持ちが言えないんだな、友達に話して同情されるのが嫌なんだな、ボランティアに来る人はじっと聞いてくれるかもしれないと思ったんだなと感じた。万歩は信用してもらえた嬉しさに身が震えた。もし妙華が自分の親戚や教え子だとしたら、

「よく耐えているね。辛いよね」

と、抱き締めていただろうと思った。

妙華は、話し疲れたのか気がすんだのか、1キロくらい無言で歩いた。万歩もなんとなく口を開かないでいた。長い信号の手前で止まると、不意に聞かれた。

「お姉ちゃんは、大学生なの？」

「そうよ」

言った瞬間しまったと思ったが、もう遅い。妙華は、顔を白くし乾いた声で尋ねた。

「何故、ボランティアをしているの？」

「勉強したくてもできない子を、一人でも減らしたいからよ」

と、はっきりと答えた。が、妙華は万歩の事情を知っているはずがない。

「お姉ちゃんは、ずっと勉強しているよね？」

妙華はイライラした声をぶつけ、

「私の気持ちなんて分からないくせに！」

と叫んで、来た道を全力で逆走していった。信号は変わっていたのに。

万歩は慌てず足音を立てずに追った。お父さんが足の速い人と言っていたので彼女もそうかと不安になったが、幸い五分以内で追いついた。妙華は心のどこかで、逆戻りするだけでは駄目と思っていたのかもしれない。

息を切らせている妙華に、万歩は穏やかに声を掛けた。

「確かに気持ちは全部は分からない。でも、一部は分かるわ」

「一部？」

「そう、勉強したくてもできない悔しさやもどかしさ。妙華ちゃんと同じ年の頃に感じていた」

「えっ、何で」

「いじめられていたの」

「本当？」

万歩は頷いて、小学生だった頃の話をした。万歩の父は糖尿病だった。食べたくて仕方がない病だ。だから、人のおかず、特に家族の中で食べる速度が遅い年少の万歩のおかずに父は手を伸ばしていた。家でいつも自分の分を全部食べたことのない万歩は、給食を見てはしゃぎ、

「わぁ、これ全部食べていいの？」

と、他の子がギョッとするくらい当たり前のことを嬉しそうに大声で言ってしまった。それで、クラスの仲間に貧乏だと思われてしまったのだ。さらに、もう一つ偶然が重なった。

万歩の家では、子供には汚れても構わない服を着せて外で思い切り遊ばせるという方針を取っていた。いつでもいとこや友達と遊べて万歩は嬉しかったが、これも裏目に出た。女の子のくせにお下がりの男の子っぽい服を着て、習い事もせず、旅行にも

行かないのは貧しいからだと陰口を叩かれたのだ。

ならば勉強で黙らせようよう、スポーツで見返そうと頑張って成果を上げれば、生意気だと無視されたり仲間外れにされたりした。これでは、学校に行くだけで、その場にいるだけで疲れてしまい、授業に身が入らない。

教師に相談したが効果はなく、小学校卒業までひとりで耐えた。幸い中学一年時の担任の協力でいじめはなくなり、必死に学んで周りに追いついた。

話の途中からうなだれていた妙華は、万歩が話し終わるのを待って、

「ごめんなさい」

と、ポツリと言った。

「ううん、話さないと分からないものね」

万歩はニコッと笑った。

それから、二人で歩いた。時々走った。もう少しでゴールという頃には、妙華はできれば高校に行きたいと、本音も話してくれた。

「今、お母さんがこの会の人と話し合っているよ。希望通りになるといいね。初対面

の私とこれだけ話せたから面接は合格だね」

まるで前から知っていた間柄のように言うと、

「生まれ変わったら一緒に通いたいよね」

と、妙華が可愛らしいことを言うので泣きたくなった。

少し遅れてしまったが待っていてくれた受付の人に一緒にお礼を言った。受付の人は万歩と同じくらいの年の人だった。一緒に歩いたあなたのほうが凄いという眼差しを彼女から向けられ、照れてしまったことを今また思い出した。

*

万歩は、今日も参加して歩き切ると決めた。

もし妙華ちゃんが進学していたら、高校二年生。制服、似合うだろうな。会いたいなぁ。もしかしたら、参加していたりして。でも、遅刻しているんだよね、と急に自分が受け付けに間に合わなかったことが悔しく、苦笑が込み上げる。

「由比ヶ浜《ゆいがはま》〜、由比ヶ浜〜」

万歩はリュックサックを背負い直し、ずっと手に持っていたズボンと同じ色の上着を腰に巻き付けてから電車を降りた。

改札を抜けると、見覚えのある黄緑色の幟《のぼり》があった。念のため立ち止まって文字を読む。「あしながPウォーク10」。あしながおじさんのイラストも一年半前と同じだ。なんだかホッとする。受付の方向を示す矢印も変わらぬ形で、幟の後ろの壁に貼られている。その矢印の通りに曲がる。

海岸に出たら日差しが心地よく、つい友達とも来たいなと空想してしまう。潮風が吹いてきた。ただでさえ遅れていることを思い出し、ハッとする。受け付けが閉まるまでに行かなければ。

砂浜の上に置かれた茶色い長机に白い箱が二個と数個の缶バッジがあった。長机の後ろに眼鏡を掛けた男性が座っている。目が合ったような気がして手を振ると、振り返してくれた。駆け寄って、机の手前で軽く息を整えた。

「遅れて申し訳ございません。今からでも受け付けできますか？」

「勿論ですよ。有り難うございます」

男性は白い箱と紙を順に指して説明してくれた。

「参加費はこちらに。この紙にはお名前と念のために連絡先をご記入下さい」

「はい」

と言って万歩は財布から五百円玉を出し、白い箱に入れる。もう一つ五百円玉を出して、隣の同じ色の箱にも入れる。寄付だ。

「有り難うございます」

という嬉しそうな声がして、万歩は改めて受付担当の顔を少し長く見た。ごま塩頭の紳士が照れくさそうな表情を浮かべている。なんだかこちらの顔も赤くなりそうになる。

「筆記具はありませんか？」

慌てて聞いた。ボールペンを受け取り亀井万歩と書くと、字が少し斜めになった。

緊張？　でも、携帯電話と念のため書き添えた自宅の電話の番号は真っすぐ書けた。

だんだん、気持ちも息も落ち着いてきたらしい。

「こちらが缶バッジと地図です。気を付けて行ってらして下さいね」

「有り難うございます。行ってきます」

一礼して長机から少し離れると、缶バッジをリュックサックの肩紐に付けた。背負った状態で「あしながPウォーク10」の文字が見やすいように調整してから、地図を確認する。コースは一年半前と同じだった。由比ヶ浜を出発して、鶴岡八幡宮《つるがおかはちまんぐう》・源氏山と進み、またここ由比ヶ浜に戻ってくる。一応、新しく加わった注意事項はないか地図を見渡すが特にはなく、右端に急な体調不良や事故の際にと十一桁の電話番号が書いてあるくらいだった。その下の名前を見て、万歩は偶然の妙を思った。図・田《た》中千鶴男《なかちずお》。千鶴男さんが描いた地図！　楽しく歩けるかも……と、万歩は顔をくしゃっとさせた。

受付担当の田中は、万歩が視界から消えても長机の後ろに座っていた。もう一人くらい来るかもと思ったからだが、出発したばかりの万歩のことが気掛かりだったからでもある。元気そうなのに、何故受け付けに間に合わなかったのか……？

いつの間にかボーッとしていたらしく、名前を呼ばれたのも初めは波の音に聞こえた。

「田中さん」

ザザザーッ……。

「田中さん。おはようございます」

ザッパーン。

小柄な中年男性が田中の左耳に声を掛け続けているが、万歩のことを考えている田中は気づかない。中年男性は不安になり、必死に呼び掛けた。

「田中さん。聞こえますか？　田中さん！」

相手の声が徐々に大きくなる。やっと気づく。

「は？　ああ、芳友君か。すまない」

「大丈夫ですか？　何かあったんですか？」

「いや。ただ、今行った子が気になってな」

名簿を指差しながら答える。

「亀井万歩さん。今行ったんですね？」

「ああ。十分くらい前かな。若い子がひとりで」

「そうですか。体調不良ではないと」

「ああ。だから何故遅刻したのかと」

「そうですか。では、私が様子を見に」

「そうかい。何かあったらいつでも携帯を鳴らしてくれ。私はここにいよう」

「いいんですか？　そこまでして頂いて」

「構わんよ。可愛い生徒とボランティア！」

「有り難うございます」

田中は、一礼する芳友暉也《てるや》に地図と缶バッジを渡しながら、万歩の服装や持ち物を説明した。

「鶴岡八幡宮は人が多いから、女性一人でもそんなに不安はないだろう。源氏山に向かったほうがいいかもしれないな」

「はい。田中さんには料理以外にもいろいろ教わっていますね。本当に先生です」

「世辞を言っていないで、早く行きなさい。見つからなくなるぞ！」

はいっと元気よく答えて、暉也は走りだした。男性だけの料理教室の講師を務めている田中は、自分を初めてのボランティアに誘ってくれた教え子である暉也の背中をニコニコと見送った。


一方、万歩の足元は砂からアスファルトに変わっていた。潮の香りと別れて、いよいよ街中に入ってきたのだ。一年半前には、横に父がいた。何もなければ、今日もそのはずだった。今は、天から見守ってくれているだろうか。

父の異変に一番先に気づいたのは母だった。糖尿病だった父には運動療法として食後一時間のウォーキングが不可欠だが、ひとりでの散歩を億劫《おっくう》がった。働いている時には通勤のため歩かざるを得ず自然に駅など階段の上り下りもしていたが、早期退職したあとはものぐさな性格が前面に出た。万歩が甘えるふりをして興味が湧《わ》きそうな展覧会などに誘ったが、なんだかんだと理屈を捏《こ》ねて断ったのである。不安と断られた悲しさで泣きそうな娘を見て、母は一策《いっさく》を講じた。友人や近所の人に事情を話し、父を外に連れ出す協力を頼んだのである。

玄関先でダダをこねる父の声を聞いて、庭の鉄線《てっせん》が咲いたから見てと手を引いてくれた近所の人。遊びに来た帰りに、できればご主人も一緒に駅まで送って下さいと頼んだ友人。皆、さりげなく協力してくれた。感謝すると同時に、母の人脈の広さや人徳を思った。父の性質を見抜いて、窮地を脱する手腕も。母に憧れる気持ちもあったが、自分はもっと面倒でない人と結婚したいという願いもあった。

そのうち父は歩く爽快さに目覚め、母が忙しくて付き添えない時も欠かさず外出するようになった。「あしながPウォーク10」に参加したいと言いだした時は、奇跡だと母娘手を取り合って喜んだ。三人で歩く計画を立てていたが、母の叔母の三回忌と重なり泣く泣く諦めた。その時の母の顔が脳裏から離れない。それほど、自分だけ……という悔しさと万歩に対する羨しさを湛《たた》えていたからだ。奇《く》しくも、それが父が参加した最初で最後のPウォーク10だった。母はこの時から、何かを感じていたのだろうか？

父娘で鎌倉を10キロ歩いてから二ヵ月が過ぎようという頃だった。いつものように散歩に出ようと夫婦で靴を履いていると、父が不自然に体を曲げて履きづらそうにしていた。母が大丈夫かと聞くと、うぅと一瞬うなるように息を漏らし、靴がスッと嵌《は》まった。それから父が照れくさそうに笑ったので、なんだかホッとして出発したという。

自宅最寄りの公園の前を通り過ぎようとしたら父が足を引きずりだしたので、

「たまには寄っていきましょうよ」

と言って、しばらく様子を見ることにした。二人で公園の周囲をぐるりと回るように歩いていると、何の前触れもなく父がピョンと跳ねた。二人とも驚いたが、普通に歩こうとしても歩けず、またピョン！

「どうしたんですか？」

「分からない……」

結局そのまま数回跳ねたあとやっと歩きに戻ったが、万が一に備えそのまま帰った。

その晩万歩が帰宅すると、いつもより静かだった。

「お帰り。父さんねぇ、兎になったみたい」

「そう。で、今は？」

「寝ているわ」

「あぁ、そういうことね。では亀さん、具体的にどういう競走中ですか？　兎さんが寝ている間に抜かさないと」

万歩は仕事を辞めた父が幼児返りしたのだと思った。還暦前になってしまうのはショックだが、猛烈社員だった父が若年性認知症になるのは有り得なくはない。

「違う。精神的にではないの。兎みたいに跳ねだしてしまってね」

母は散歩中のできごとを聞かせた。

「そうなんだ。思い当たるとしたら……」

万歩は父が働き盛りに起こした自転車事故を挙げた。転んで首を捻った後遺症かもしれないと思ったからだ。母は自分もそれは思っていたと言い、一応何が起こっても驚かず向き合うことと、遠方にいる息子の進《すすむ》には病名がはっきりしたら言うことを確認し合った。

その夜の確認通り、万歩は父に今までと変わらず接した。家の中では移動距離が短いからか父のピョンは見られなかったが、母によればほぼ毎日散歩中にやはり何の前触れもなく始まり、しばらく続いてから治まるの繰り返しらしい。足元のことを考え、梅雨の晴れ間に病院へ行った。かなり珍しい症状らしく、はっきりとした病名は付かず事故が原因かどうかも断定はされなかった。

ベッドが空き入院した時、母が進に知らせた。進の第一声は、

「亀井なのに、兎みたいな症状とはな。父ちゃん今まで何と競走していたんやら。兎に角、俺は必ず帰るからそれまで持ち堪えていてくれ」

という言葉だった。半分洒落が交じっているようだが、言いながら心を落ち着かせたかったのかもしれない。兄も童謡の「うさぎとかめ」を連想したことが万歩には嬉しかった。離れていても兄妹だ。必ず帰ると約束した兄を待ちながら、母と頑張ると決めた。

精密検査をしても、脊髄が損傷していること以外は原因も病名も分からなかった。それでも痛みは感じないらしく、初めて兄が帰ってきた時も父はニコニコしていた。

父の筋肉はだんだん衰えてゆき、車椅子が使われるようになった。万歩はいとこの雄一からコツを聞いておいて良かったと思った。が、それが不幸の引き金にもなった。自分でベッドから車椅子に移ろうとして失敗し、腰を傷めたのだ。その時すでに強いステロイドを服用していたために骨が脆《もろ》くなっており、そのまま寝たきりになってしまった。

万歩は母や兄の負担になるまいと、会社を辞めようと考えたが、上司が皆に話してくれ、時短で勤め続けることができた。兄の会社の社長も情に厚い人で、ここぞというタイミングで休暇を下さった。両社の人には今も感謝している。

親子三人必死で看たが、入院から八ヵ月後、父は帰らぬ人となった。だが、病室でのリハビリや朗読は万歩にとって貴重な体験だった。

若宮大路を歩いていると、前方から賛美歌が聞こえてきた。大人の声に続いて子供の声も聞こえる。輪唱？　練習？　幼く必死だ。クリスマスまであと一ヵ月半。発表会に備えているのかもしれない。

「頑張って！　私も最後まで歩くから」
思わず、心の中で声援を送った。
しばらく行くと、洒落た木造の日本家屋が見えた。親友の克絵《かつえ》がドラマの舞台にな
った家だと教えてくれた家だ。二人で遊んだ時に通った道をひとりで通っていると思
うとしんみりした。

一方、暉也はひとり源氏山に向かっていた。恩師田中が気に掛けていた子の名前を
忘れまいと、繰り返し小声で唱えながら。
「万歩さん。亀井万歩さん。髪が短くリュックサックを背負った亀井さん。深緑色の
ポロシャツと紺のジーンズの万歩さん」
信号で止まって、鞄から買ったばかりの緑茶のペットボトルを取り出し喉を潤《うるお》す。
そういえば、亀井さんのポロシャツは深緑色……。
信号が変わり歩きだす。青信号。青い空。姪・妙華の好物ソフトクリームのような
雲が浮かんでいる。妙華は無事にレインボーブリッジ辺りを歩いているだろうか？

あれから六年。進学できたお礼にと、今では高校の友達を誘って歩くまでになっている。逞《たくま》しいものだ。あの子の恩人の名は何と言ったか？　確か、二文字の女性の名だと思ったが……？

万歩は鶴岡八幡宮に着いた途端、わぁと声を上げそうになった。晴れ着姿の子供達が思い思いにはしゃいでいたのだ。男の子も女の子も和装・洋装を問わず、声を上げて走り回っている。どの子も笑顔の七五三だ。秋なのに小さくて鮮やかで丸々とした紫陽花が溢《あふ》れているようだった。一瞬たりとも同じ姿をしていない、幻の花々。

万歩は早くも歩くことにして良かったと思い、神様にお礼を言うべく参詣の列に並んだ。が、一つ疑問が湧いた。お賽銭を入れるか否か。今までは健康や合格を祈ってきたが、今日は素晴らしいものを見せて下さったお礼と歩かせて頂きますという挨拶だ。祈らないのにお賽銭って変かしら？　でも、なしも失礼だし……。迷って、結局百円玉を入れた。他の人を戸惑わせるのも嫌だし、神社のためになれば。手を合わせつつ、心の中で言う。

「神様、可愛らしい光景を感謝します。今から鎌倉の道を10キロ歩かせて頂きます。粗相がないよう努めますが、見守って下さい。お邪魔しますが、宜しくお願いします」

一礼して去ろうとしたら、元気な声が右横から飛び込んできた。着物を着た男の子だ。

「ぼくのしちごさんを　てんきにしてくださって　ありがとうございます。ぼくもとうさんも　かあさんも　いもうとも　おじいちゃんも　おばあちゃんも、ほいくえんのせんせいも　ともだちも。それから、じんじゃも　そらも　うみも　つちも　きも　かぜも　くもも　おひさまも、みぃんなずうっと　げんきでいますように！」

と、男の子はじっと前を見て一息に叫ぶように言った。真後ろにいる父親は、顔を真っ赤にし詫びるように周囲に何度も頭を下げている。が、近くにいた年配の婦人が感極まった声で、

「素敵、きっと叶うわよ！」

と言い、その隣の紳士は彼女を支持するように拍手した。万歩は自然と再び手を合わせた。

「神様、彼がこの性格のまま成人しますように」

深々と頭を下げ後ろの人に長居を詫び、さざれ石のほうへ向かった。


由比ヶ浜で正午近い太陽の光を感じながら田中は、暉也と知り合った頃を思い出していた。ちょうど六年前の今頃の時季だ。隣に暉也が引っ越してきた。挨拶の時、味噌の香りがしたので尋ねると、小学生の女の子の好みを探っていると答えた。娘さんですかとまた尋ねると、姪だと言う。自分の弟が過労死してしまい、おかずを母と半分こにしている姪に、せめて好みの味の味噌汁を飲ませてやりたいとのことだった。退職後の道を探っていた田中は、協力を申し出た。思えばこれが、田中料理教室の前身だ。

初めは暉也だけだった生徒は、今では十人。教室が休みの日もこうして、ボランティアに加えてもらうなど退屈知らずだ。

「ま、体調を崩した学生の代わりだがね」

と、誰が聞いているワケでもないのに謙遜していると、携帯が鳴った。緊張が走る。

「はい、田中千鶴男でございます」

「田中さん。私です」

「芳友君、亀井さんの件か？」

「はい」

「どうした？」

「思い出しました」

「思い出した？　どういう意味だ？」

「亀井さんは、妙華の恩人なんですよ」

「えっ？」

「自分でも驚いています」

「僕もだ。でも、チャンスだな」

「えっ？」

「亀井さんはひとりだ。お礼を言いやすいぞ」

「そうですね。源氏山で会えるようにします」

「健闘を祈る」

ドラマの舞台となった家を教えてくれた日、克絵はさざれ石についても教えてくれた。国歌「君が代」の歌詞にもあるでしょと言って。今、またあの日と同じ石と砂のかたまりを前にしている。ふと思いついた万歩は、リュックサックから水筒を取り出すと、石の聖なる力を戴くようにさざれ石のほうに向けた。それから、一礼して水筒を一度振ると、ふたを開けて一口だけ含んだ。ゆっくりと水を口から喉へと送り込ませると、石に向かって行ってきますと言った。

「気を付けて、頑張れ」

さざれ石が答えたのか、池の中の亀が声を掛けたのか？　万歩にはそう言っているように聞こえた。

第三章　登るのは日本人だけではなく

賑やかな八幡宮を後にしてひとりで人通りの少ない道を進んでいくと、淋しさが忍び寄ってくる。このままでは歩くことが嫌になりそうなので、万歩は空想することにした。

昨日定年退職した諸星《もろぼし》部長は、今何をしているだろう？　社員一人一人と乾杯していたから、万歩よりも寝坊しているかもしれない。家族も起こさないはずだ。そこまで想像すると、部長との思い出がどんどん蘇ってきた。

採用面接の時に着席すると満面の笑みで、

「あなたが亀井さんか。電話での問い合わせの印象が一番良かったから、一度だけでも会いたいと思っていたよ！」

と言われた。何故か質問らしい質問もされずに、その日のうちに電話で採用を告げられた。

入社後も、昼休みに検定の勉強をしているのを見て励ましてくれたり、社長室の花の世話係に推薦してくれたり、掃除の時に話し中であっても席を立って掃きやすくしてくれたりした。

一番嬉しかったのが、父が脊髄の病気で寝たきりになった時だ。皆に迷惑をかけたくないから退職したいと申し出ると、反対された。

「君しか働ける人がいないんだろう？」との言葉に、頷くしかなかった。

次の日、朝礼が終わる間際に部長は、

「すまんが、もう一つ聞いてくれ」

と、万歩のことを切り出してくれた。これを機に皆で話し合い、万歩は時間短縮で働き続けることができた。お陰で、家事も父の看護も母と一緒に担えた。

だから、母もお別れ会に快く送り出してくれたし、久しぶりに酔って寝坊をしても大目に見てくれたのかもしれない。

「部長、本当に有り難うございました。お疲れさまでした。部長のように余裕がある人を目指します！　母さんも有り難う」

万歩は、ポツリとつぶやいた。


左後ろから空気が流れてきたかと思うと、黒い塊がサッと去っていった。車輪の後ろの部分に陽光が当たっている。自転車に抜かれたのだ。素早さからして十代かなと二十代半ばの万歩は思う。襟が詰まって見えたので、制服を着た中学生？　いや背丈からすると高校生かな？　今日は日曜日。部活かな？　それとも、補習や資格試験？　ここまで考えて、ふと思った。自分は、すれ違った人からいったいどういう風に思われているんだろう？

日曜日の真っ昼間にひとりで歩いている若い女性。背にはリュックサック、手には地図。ここは鎌倉。史跡巡りを楽しむ歴女？　亡くなった著名人が遺した別荘を見に来た子孫？　古美術の仕事でお宝を探しに来た人とか？　お宝という発想に行き着き、ドキドキした。歩いていて、本当に宝物が得られたら……。自然に緩む頬を引き締めようと足をトンと落とすと、今までとは違う感触が足の裏から伝わってきた。源氏山の入り口へと続く道は間近だ。万歩は一度立ち止まり、腰の上着を取ると、くるくる丸めてリュックサックに入れた。

万歩が足裏で土を思わせる感触を味わったちょうどその頃、東京の品川区では、船の科学館から少し離れた道を、二人の少女がお揃いの紺の鞄を持って歩いていた。妙華と同級生の友人・味咲《みさき》だ。味咲の家は喫茶店で、妙華はそこでアルバイトをしている。二人はかわるがわる深呼吸して潮の香りを胸いっぱい吸っている。自然に触れるのは久しぶりのようだ。

巨大な海の乗り物の脇を通りながら、味咲が溜め息交じりに言った。

「船かぁ……。乗ったことないなぁ……」

「私も」

「当てもない」

「いやいや、私達でお店を繁盛させたら道が開けるでしょ。船の上が二号店！」

「夢みたいだね」

「夢じゃなくそうよ！　高校に行っている間に、お店のよく出る料理だけでも二人で完全に作れるようになってさ」

「有り難うね。うちの店のこと考えてくれて」

「私こそ。バイトさせてくれたから、将来なりたいものができた」

なんとなくしんみりしてきたので、味咲は話題を変えようと辺りを見回した。

「あの船、宗谷《そうや》って名前だって」

「へーっ。私達の話ウンウン聞いてるとか」

「ぷっ。でも、博物館かぁ。そうかも」

「そうや〜。なんちゃって」

二人は同時にケタケタ笑いだし、青い空を仰いだ。飛行機雲を見つけ、妙華はもしかしたら少し離れた所から何か知らせが来るかもしれないと思った。

木の香りを嗅ぎながら歩くのは、やはり気持ちがいい。前を行く人がいない心細さや自力で枝を避けなくてはならない煩わしさと引き換えに、万歩は誰にも遠慮することのない空間を楽しんだ。木の葉を鼻の近くに寄せて息を吸い込んだり、膝を折って草を撫でたり。深呼吸や欠伸も思い切りできた。もしかして、この時間こそがお宝かしら？　と、ぼんやり考えていたら源氏山の頂上に出ていた。

眼下に広がる風景は、一年半前と同じように見えた。鎌倉の街並みも、その向こうの海も。

父が寝たきりになった折、終わりの見えない看病の日々を支えたのは、母であり会社の人々の理解でありウォーキングで見た景色の数々でもあった。小田原の五百羅漢、信濃町の森、レインボーブリッジ……。中でも、万歩がもう一度見たいと思っていたのが、この源氏山からの景色だった。鎌倉は克絵の故郷。知り合ってすぐ自慢された景色だ。彼女と共にではなく、他の参加者と共にでもないが、戻ってきた嬉しさに思わず万歳三唱した。来年こそ克絵を誘おうと決意しながら。

「アナタモ、ツキマシタネ」

と、声がした。ギョッとして辺りを見回すと、木の長椅子《ながいす》に彫りの深い女性が腰掛

けていた。うるさくしてしまったことを詫びると、その女性は、

「イイエ、ワタシシシカイナイカラ。コノヤマノ　ナマエハ？」

と聞いた。

「源氏山です」

「ゲン？」

「源氏山です。源氏山」

そばに寄り大きな声でゆっくりと繰り返したが、

「ケンチ？　エー」

と、発音しにくそうだ。

まずは喉を湿らせるべく水筒の水を勧めた。

「アリガトウ」

と、これは言い慣れているのか綺麗な発音だ。自分も一口飲んでリュックサックに水筒をしまいながら、

「私は万歩。あなたは？」

と聞いてみた。

「リータ」

幸い言いやすい。

そこで、「リータ」と「源氏」と「有り難う」を交互に言いながら口の筋肉を柔らかくする作戦に出た。

「繰り返してね。リータ、ゲンジ」

「リータ、ケンシ」

「アリガトウ、ゲンジ」

「アリガトウ、ケン……」

リータが繰り返している隙に、素早く周囲に視線を巡らせる。手伝ってくれる人を探したが、誰もいない。残念な四文字が頭に浮かんだ。孤軍奮闘。リータは、懸命に発音しようと、首筋にうっすら汗をかいている。タオルを渡すと、おじぎをして受け取り、首全体を拭いて返した。万歩はタオルをしまうついでに上着を出してはおった。

その頃、暉也は久しぶりに靴底で土の感触を味わいながら、一歩一歩源氏山の頂上を目指していた。頭の中では、亀井さんに会えるのか、会えたら何と声を掛けるのか、会えなかったらどうするのかと、次から次へと疑問符が湧いて出る。駄目だ。このままでは足元が覚束ない。怪我をする前に落ち着こうと、ペットボトルを取り出す。ゴクン、とわざと音を立てて飲み込むと、上空から声が降ってきた。

「リータ、ゲンジ」

「リータ、ケンスィ」

「アリガトウ……」

女性が二人のようだ。若い。どちらかが亀井さんなら、頂上にいる間に確認したい。

暉也は足を速めた。

「アリガトウ、ゲンジ」

「アリガトウ、ゲンスィ」

声が近づいている。繰り返しに熱が入ってくる。万歩は、はおっていた上着を長椅子に置いた。

「リータ、ゲンジ」

「リータ、ゲンジ」

「アリガトウ、ゲンジ」

そして、暉也が頂上に着いたちょうどその時。

「アリガトウ、ゲンジ」

ついに、リータがきちんとゲンジと言えた。二人の女性は、手を取り合って喜んでいる。暉也は、そのうちの一人の髪が短いと気づいた。もっとよく見てみる。深緑色のポロシャツ、紺のジーンズと傍らにある同じ色の上着、リュックサックの肩紐に「あしながPウォーク10」の缶バッジ。間違いない。亀井万歩さんだ。会えた。良かった！

ホッとして、しばらく見守ることにした。


万歩はリータに水筒を渡し、受け取ると自分も一口飲んだ。リュックサックにしまいながらリータにいたずらっぽく微笑む。

「凄いね！　今度は山を付けるよ」

リータが頷いて、練習再開。

「リータ、ゲンジヤマ」

「リータ、ゲンジマヤ？」

「アリガトウ、ゲンジヤマ」

「アリガトウ、ゲンジャ」

そのうち万歩が言わなくてもひとりで繰り返すようになったので、そろそろ行こうと上着を腰に巻いてリュックサックに手を伸ばすと、

「ゲンジヤマ、ゲンジヤマ」

と、急に二回も正確に言えた！　いつの間にか、焦げ茶色のポロシャツの中年男性が、あんぐりと口を開けている。万歩は嬉しくなり、

「そう、源氏山。源氏山」

と、応じた。万歩の提案で二人で万歳三唱をした。中年男性も、にこにこと一緒に万歳をしている！　リータにお元気でと伝えて、山頂を後にした。

万歩は温かい思い出と共に山道を下っていく。思いがけず時間を食ってしまったの

で、急がなければ。背後から涼しい風が吹いた。今、何時頃だろう。立ち止まって携帯電話を出そうとすると、後ろのほうでカサッという音がした。振り返ると、さっきの中年男性が下りてくる。ここは一本道。邪魔になっては悪いと、先を急ぐことにした。中年男性の迷惑にならないようにと、平坦な箇所は走った。ようやく山を下りて、登山口から少し離れた道の端で時間と地図を確認した。次の目的地は銭洗弁財天。どのくらいかかるだろう？

歩きだそうとしたら、中年男性が追いついてきた。先刻一緒に万歳してくれたお礼をしていないことに気づき、あの……と声を掛けたが聞こえていないのか無言で寄ってくる。心なしか腕が前方に伸びている。万歩は急に寒気がした。逃げなければ。でも、どうやって。

と、不意にガサガサッと多量の落ち葉が崩れたような音がした。万歩は、今だと思ってキャーッと叫びながらとっさに踵を返し、山道を駆け上がった。登山口に入る直前、よろける中年男性を目の端で捉えた。万歩が方向を変えた際、無意識に突き飛ばしていたのだろうか。

万歩は、走って走って走って走った。一年半前と同じ土の感触が葉の緑が草の香りが風の音が、足を前へ前へと導いた。そしてようやく、再び山頂に出た。息を整え、水筒の水を一口飲む。さてもう一度下山しようかと念のため周囲を見渡すと、驚いたことに中年男性がいた。こうなったら最終手段。大きく息を吸って――叫んだ。

「黄色い猿を想像しないで下さぁ〜い！」

万歩は、鎌倉の街に向かって叫んだ。

中年男性は、悲しそうに顔をゆがめたが、何も言わず去った。万歩は、血圧が急上昇した直後に急降下したように感じた。なんとなく、リュックサックからタオルを取り出し、右腕を包んだ。それから左腕を包んだ。最後に、左胸に軽く押しあてた。心臓の音が静まってから、タオルをしまって下山した。

第四章　浸すのは硬貨だけではなく

緊張が解けふわふわと半分夢を見ているように歩いていたら、いつの間にか銭洗弁財天に着いていた。江ノ電藤沢駅に到着して以来、目にしなかったトイレのピクトグラムを見つけ、個室に入る。

「ふーっ」

自然に息が長く出た。

手を洗っていると、水が優しく感じられた。そうだ、お金が洗えるほうに寄っていこう。

小学生くらいの姉妹とその母親が、それぞれ笊《ざる》に五円玉を入れて水に浸している。母親が娘達に声を掛ける。

「願い事を心の中で言い終わるまで上げてはだめよ」

「何て言うの?」

妹が尋ねる。

「心の綺麗な人とのご縁ができますようによ。五円玉はご縁。人と人とのつながりなのよ」

そう言って、母親は目を伏せて集中した。姉妹もそれに倣う。

しばらくして姉妹が顔を上げると、母親は笊を水から上げて池のふちの石の上に置き、バッグから出したハンカチでそっと五円玉を拭いた。姉妹もまた倣おうとする。妹が先にポケットからハンカチを出したのを見て、姉は「私のも拭いて」と五円玉を渡した。「うん」と可愛く応じる妹。仲が良いんだな。姉は、母を見て笊の水を切り、妹の分と二つ元の場所に戻している。優しいな。姉に五円玉を返す時、妹は「倍にしておいたよ」と、一瞬二枚姉に見せたが、さっと一枚しまってしまった。悔しそうな姉の顔! やりとりはまるで、出会った頃の自分と克絵のようだ。動作が素早くてひょうきんな妹が克絵で、そんな妹の長所を見抜いて頼るが、翻弄《ほんろう》される姉が自分だ。

小学校四年で引っ越してきた克絵は、三人姉妹の長女らしくしっかりとした性格だ。転校初日から万歩に話し掛け、家の方向が同じと知るやいなや一緒に帰る約束を取り付けた。源氏山からの風景を自慢したのはその帰り道でのことだった。自分にはない積極性に、どちらかというと受け身な万歩はすっかり魅了された。彼女についていけば自分も変われるかもしれないと、その頃から思っていたのだろうか？

さっき、とっさに源氏山に戻ったのは、高い所から声を上げたほうが人に気づいてもらいやすいからで、もしかしたらリータさんが加勢してくれるかもしれないと思ったからだ。が、もしかしたら親友が生まれ育った街に助けてと言いたかったのかもしれないと思い至り、苦笑した。子供の頃と変わらないじゃない、私。

親子が去り他に人影もなかったので、万歩はそぉっと右手を水に浸した。続いて左手。しばらくこうして、気持ちを落ち着けていたかった。

その頃、二人の女子高生もまた水に手を浸していた。東京港区のお台場海浜公園にいる妙華と親友の味咲だ。いつも喫茶店の洗い場を担当しているのだが、海の水はまた格別なのだった。

「あー。この潮の感触。父さんが生きていた時以来だぁ！」

「あれ？　このコース歩くの初めてじゃないよね？　前回はしなかったの？」

「うん。一緒に歩く人いなかったしね。ひとりだとなかなか勇気出ないよ。逸《はぐ》れたら怖いし」

「そっか。じゃあ、私のお陰？」

「そう。有り難うね」

「こっちこそ、ペース乱していたらごめん」

「ううん。一番乱れたのは初回だな。小五だったし。初対面の人と話していたら、わがままが出た。突然暴言吐いて逃げたし」

「それまで我慢していたのが凄いよ。その人と逸れなかったんでしょ？」

「うん。追い掛けてきてくれた。それからゴールまで一緒に歩いた」

「良かったね。どんな人だったの？」

「万歩さんって大学生。万歩計の万歩って書く人だった」

「歩くのにぴったりな名前だね。私に言われたくないだろうけれど……」

「味咲って、いかにも喫茶店の一人娘って感じだもんね」

「うん。継ぐ前提って、前はプレッシャーだった。だから、同じ一人っ子でも妙華はいいなぁって思ったことあるよ」

「そうか。意外。私は味咲のこと羨しかった。今でもかもしれないけれど」

「そうなんだ……。なるべく両親に甘えないようにしていたつもりなんだけれど」

「いや、おじさんとおばさんに甘えている程度は私の方が高いと思うよ。ごめんね」

「謝るのこっちかもよ。父さんも母さんも、妙華がいつまでもそばにいると思ってこれからの計画を立てているみたいだから」

「ありがとう。そこまで思っていてくれているのに、私ったら。ふとした瞬間に『やっぱり血のつながりって濃いよね』なんてスネていたんだ。恥ずかしいな」

「ううん。だれでもそう思うかも」

「そうかぁ」

「うん。万歩さんに当たったのも？」

「うん、嫉妬」

「大学生だもんね」

「うん。でも、勉強できない辛さも知っている人だった」

「えっ、何で？」

妙華は私と同じこと聞いていると言って笑ってから、手を水から上げて水滴を払ってハンカチで拭いた。味咲も同じようにした。

歩きながら、妙華は味咲に万歩の小学生時代の話をした。味咲は頷いたり驚いたりしながら聞き、最後にこう言った。

「えーっ。私がもし万歩さんと同じ経験をしていたら、どうなっていたかな？　でも、再会できたら素敵だね」

「うん。私も会いたいなって思う」

それから二人は、どうして味咲の両親が喫茶店を開いたのかや、妙華という名前の由来や、料理に関心を持つきっかけになった伯父の暉也のことや、今後喫茶店をどうしていきたいかについて話しながら歩き続けた。妙華にとって一番嬉しかったのは、将来、店の一角に子供のための勉強スペースを設けるという案が味咲の口から出たことだった。一緒に歩いて、万歩の話も聞いて、思いついたという。妙華は誘って良かったと思った。この夢を叶えるために懸命に勉強して、無事卒業しようと誓い合った。そして、こんな夢を語り合える友がいることを、万歩に知らせたいとも思った。

水の冷たさに感情の火照《ほて》りが引いてゆくと、万歩の心中には雄一兄《にい》への感謝の念が湧き起こってきた。源氏山で叫んだ一言は、十歳年上のいとこの助言が元だったからだ。

父の葬儀の際、親戚との話し合いに追われる兄に代わって万歩のそばにいてくれたのが雄一だった。兄は進学を機に他県に行って久しいが、彼はずっと隣の町内に住んでいた。ところが、海外赴任を命じられた。父が亡くなり兄も近くにいないのに自分までと思ったのか、離れ離れになる直前に、雄一は万歩にいざという時の心構えを説いた。怪しいかもしれない人に遭遇したら、意味不明のことを叫んで狂ったふりをするということだ。万歩は実行できた。だから、無事だ。黄色い猿は雄一兄が好きなバンドからの発想なので、想像しないで下さいというのは失礼かもしれないが、実際に声に出すと想像して下さいより強く、やめて欲しい気持ちが伝わるので、こちらにした。

「雄にい、有り難う。お陰で助かったよ」

と、小さいながらはっきりした声で言うと、また歩こうという気持ちが戻ってきた。

万歩は立ち上がって、手を拭いた。

第五章　変わりたいのは人だけではなく

銭洗弁財天も含まれる佐助という地区は、源頼朝が佐殿と呼ばれていた時、名付けられたらしい。頼朝が平氏の追及を逃れてこの地の隠れ里に潜んだところ、地主神様が助けて下さった。佐殿を助けたので佐助。心強い名だ。

立ち上がって手を拭いてから十分以上歩いているが、一向に次の矢印が見えない。立ち止まって地図を見ても、ピンと来ない。人の声はおろか、犬や鳥の鳴き声さえ聞こえない。試しに水を一口飲んで深呼吸を三回繰り返してみると、三回目に酔いがぶり返したのか、欠伸が出てそのまま尻を着いた。万歩はとうとう道端に体育座りしたまま目を閉じた。

「クン、キュオ～ン！」

遠くから声が聞こえた。万歩はぼんやりとした意識で考える。あれ、不思議な声。あ、風邪をひいているのかな？　思い切って尋ねる。

「喉が痛いの？」

するとその声が答えた。

「違う、違う。僕は狐。この声は普通」

「あ、狐か。良かった。え、どこから来たの？」

「逆、逆。僕はずっとこの地域に住んでいる。地図に何の記号があったかな？」

「鳥居。と、いうことは稲荷神社。あ、挨拶もせずすみません」

「いいの、いいの。鶴岡八幡宮でお邪魔しますって言ったでしょ？　まだ10キロ歩いていないよ。ところで、何か困っていない？」

「はい。実はずっと白い壁しか見えなくて」

「うん、うん。迷ったんだね。じゃあ助けてあげる。世界初、狐につままれる、じゃなくて包まれる女の子なんて、どう？」

「あ、あの……。すみませんがお世話には……」

「けち、けちぃ！　君は見知らぬ誰かのために歩いて進歩しようとしているのに、僕が進歩するのは邪魔しようってんだね？　狐だって進化したいんだよ。変わる機会をくれよぉ」

ただ遠慮しようとしただけなのに凄い剣幕でまくし立てられ、これが本当の狐につままれるかなと、あっけにとられた。が、狐の言い分も分からなくはないし、何より有り難い。

「では、お願いします。有り難うございます」

頭を下げる。

「それ〜っ！」

大きな声がした。すると、体全体が柔らかい物に包まれてカーッと熱くなった。なんだか懐かしい匂いがする。狐の匂いだろうかと思った瞬間、ポロシャツの裾をクイクイ引っ張る感触がした。そっと目を開けると、左隣に男の子がいた。

「わぁ、よかった。目、あけた。おばあちゃ〜ん！」

男の子が楠《くすのき》と表札のある家に向かって叫ぶ。

「はいはい。良かった！」

おばあさんが出てきた。両手で湯呑みがのった盆を持っている。万歩が恥ずかしそうに、

「ごめんなさい。心配させてしまって」

と言って立ち上がろうとするのを目で制し、お茶を渡してくれた。

「いいの。いきなり立ったら危ないから。まずは、こちらからね」

「有り難うございます」

万歩は受け取って驚いた。熱くない。一口すすってさらに驚いた。温くもない。凄い人だ。

「おいしいです。私、亀井万歩といいます」

おばあさんはにっこり微笑んで、

「お口に合って良かった。私は、楠よね。この子は、孫の健太《けんた》。障し支えなければ、何があったのか聞かせてくれないかい？」

万歩は、これまでの経緯を話した。昨夜の部長の送別会から始まって、寝坊をしたが母のお陰で朝食を取ってから出掛けられたこと、参加するか悩んだこと、遅刻してひとりで歩いていること。ボランティアの内容については、バッジを見せながら説明した。よねも健太も、頷きつつ真剣に聞いてくれた。健太には難しいことも多々あったが、耳を傾けてくれていることが嬉しかった。

源氏山を下りた時のことを話していたら、ふとあの中年男性は一緒に歩こうとしていただけだったのではという気がしてきた。だとしたら、参加者を一人減らしてしまっただけではなく、人の善意を踏みにじったことになる。取り返しのつかないことをしてしまった。そう思うと、申し訳なさと自分の至らなさからくる悔しさがガーッと込み上げてきて、涙になった。後から後から、流れて止まらない。

「ごめんなさい。本当にごめんなさい」

泣きながら、それしか言えなくなってしまった。よねと健太は万歩をじっと見守っている。

涙が落ちなくなったところを見計らって、

「落ち着いたかい？」

よねが声を掛けた。万歩は、

「はい」

と答えて、泣いた訳を説明した。

「そうか。じゃあ、最後まで歩くんだね。今度こそ、何があってもね。それが、その男性と主催団体に対する償いだよ。分かっているよね？」

重々しい表情で告げた。

「はい」

万歩も低めの声で応じる。

今までずっと黙っていた健太が、

「でも、目をさましてよかった！」

と言うので、

「怖い思いをさせちゃってごめんね」

と言って、狐の話をしてあげた。健太は目を輝かせながら話が終わるまで聞き入っていた。

「きつね、かっこいいなぁ。ぼくも！」

と何かを思い出したらしく興奮した声で、

「ちょっとまってて」

と家に向かった。

すぐに戻ってきた健太は、両手で三輪車を引っ張っている。何とか停めると、

「なつのやきゅうで、おぼえたんだ」

と得意そうに何かを披露するつもりのようだ。

「甲子園だろう？　やってご覧」

よねが促すと、健太は、

「せ〜の！」

と言ってから、三輪車のベルをリズミカルに押していった。

トゥトゥトゥ　トゥトゥトゥ　トゥトゥトゥトゥ　トゥトゥトゥ。

三三七拍子！　こんな可愛い応援があるだろうか？　万歩は感激した。

「有り難う！　私、絶対最後まで歩くわね！」

立ち上がって、リュックサックを背負う。よねに向き直って、

「お茶、ご馳走さまでした」

とお礼を言い、

「健太君、またね」

と手を振って歩きだした。その後ろ姿を追うように、健太がまたベルを鳴らす。

トゥトゥトゥトゥ　トゥトゥトゥトゥ　トゥトゥトゥトゥトゥトゥ　トゥトゥトゥトゥ　トゥ……

よねは家に入ると、幼なじみに電話した。

「はい、田中です。よねさん、どうした？」

「今、亀井万歩って子が家の前通ってね」

「そうかい」

「悪いけれど、その子がゴールするまで受け付けを延ばしてくれないかい？」

よねは、万歩から聞いた話を田中千鶴男に話した。

第六章　歩くのは人のためだけではなく

暉也は自宅の居間の椅子に座って、書き終えたばかりの手紙に誤字脱字がないか確かめていた。真っ白な便箋に右端が上がった細やかな文字が連なっている。

亀井万歩様
突然お手紙を差し上げる無作法をお許し下さい。芳友妙華という名前を覚えていらっしゃいますでしょうか？　六年前のお台場のPウォーク10といえば思い出して下さいますか？　私は、妙華の伯父で芳友暉也と申します。
妙華は今、高校二年生です。あなたが彼女と一緒に歩いて下さったからこそ、義妹は主催者と十分な話し合いができ、育英金を融通して頂いたそうです。お礼に私も、近年は矢印作りをしております。今回は、通っている料理教室の師・田中千鶴男さんも、地図制作と受け付けに加わって下さいました。

先日料理中にお礼を言いたい人がいると言ったことを覚えていたようです。今朝受け付けの様子を見に行くと、亀井さんがひとりで歩いていると聞きました。心配になり地図をもらいました。田中さんも、私がお礼を言いたいのは亀井さんだと分かって下さっています。

源氏山で万歳をしたのは、嬉しかったからです。もう一人の女性が源氏山と言えたことは勿論、亀井さんとお会いできたこと、亀井さんが異国から来た人にも親切なことが。

お礼を言いたかったのですが、言葉が出てこず追いかけるだけになってしまったので恥ずかしく思っています。さぞ怖かったことでしょう。申し訳ございませんでした。

妙華は高校生活を楽しんでいます。将来は経理を学んで友人の実家の喫茶店で働くと言っています。今は、その喫茶店でアルバイトをして学費を貯めています。

本当に、有り難うございました。

芳友　暉也

便箋を三つに折って封筒に入れると、電話が鳴った。田中千鶴男からだった。

「今、大丈夫かい？」

「はい」

「ごめんな。君は口下手だったな」

「えっ？　何故失敗したと」

「万歩さんが偶然、私の幼なじみの家の前で蹲《うずくま》っていたらしくてな。受け付けの延長を依頼された」

「じゃあ、謝るのは私のほうですね。亀井さんを動揺させて疲れさせたのは……」

「違うよ。前日、上司の送別会をして疲れていたらしい。だから寝坊して受け付け逃して」

「それでもひとりで歩いている。いい子ですね」

「あぁ。幼なじみのよねさんの孫と仲良くなったと」

「どんな人か一目見られて良かった」

「そうか。今反省しながら歩いているそうだよ」

「反省？」

田中は暉也に、よねが諭した話をした。

「それじゃあ、あの子は……」

「今は君が誰か知らず、償いたいという気持ちでいる」

「そうですか。ひとりの長い道を楽にできれば」

「君が怒っていないと示せればな」

「今、受付に持っていこうと手紙を書いたんです」

「それはいい。持ってこいよ」

「はい。そちらに駐車場はありましたっけ？」

「コインパーキングならな。気を付けて」

暉也はお礼を言って電話を切ると、手紙を開き追伸を書いた。歩けなかった代わりに寄付する旨と、自分の連絡先だった。

万歩の頭の中では、三三七拍子が繰り返されていた。それに合わせて手を振り足を上げると、幼稚園の頃が思い出され、なんだかくすぐったかった。音じゃなくて、言葉に変えてみようかしら？　例えば……。

あるけ　あるけ　こどものために
すすめ　すすめ　ゴールめざして

あはは、やっぱり私の頭って硬いなぁ。そのまんまで可愛げがない。でも、まぁいいか。万歩は、しばらくこれでいくことにした。

その時暉也がいたのは、万歩が歩いている住宅街の隣の町内にあるコンビニエンスストアの駐車場だった。ＡＴＭから引き出した寄付金を財布から封筒に移す。手紙を入れた封筒と間違えないように印を付けようとしたが、厚さが違うのでやめた。手紙より嵩張《かさば》る額を寄付できるくらい貯《たくわ》えがあって良かった。胸に自信が湧いたところでもう一度地図を見ると、犬を飼っていた頃によく散歩で行っていたトンネルが目に付いた。そういえば、命日がもうすぐだ。供養代わりに行ってみようと、エンジンをかけた。

暉也の愛犬だったゴン太は、変わった犬だった。ピンと立った三角形の耳とふさふさした長いしっぽを持ち、近所の子供達から狐みたいだとからかわれた。好物はいなり寿司。本当に狐に近かった。ゴン太がもう一つ好きだったのはルパン三世のテーマ曲だった。初めて妙華が家に遊びに来た時、興奮して吠えまくり、妙華を戸惑わせた。が、ラジオからルパン三世のテーマ曲が流れた途端、吠えるのをやめラジオの方を向いた。妙華はアルバイトで得た初めての給与で、ゴン太にとCDを買った。暉也は、俺にじゃないのかと笑ったが、ルパン三世のテーマは自分が好きな曲でもあった。

道はこれ以上ないほど空いていた。まるで、この世にひとり残されたようだなと思っていたら、トンネル手前に人影を発見した。見覚えのあるリュックサックにPウォーク10のバッジ、深緑色のポロシャツ。亀井さん……。いや、まてよ。もしかしたら、ゴン太かもしれない。俺が会いたがっている人に化けて、会いに来てくれたのかもしれない。ゴン太、おまえって奴は……と、声に出そうとしたその瞬間、その人は立ち止まった。そして、リュックサックから水筒を取り出し、水を一口飲んだ。

一連の動作はとても自然で、狐に近い犬のものとは思えなかった。暉也は雷に打たれたように身を震わせた。亀井さん！　また、会えた。ゴン太が会わせてくれた。今度こそ失敗はできない。

自分が怒っていないと示すには……。ゴン太よ、もう一度力を貸してくれ。暉也はそうつぶやきながら妙華がくれたＣＤをセットし、車の前の席の窓を左右とも開けると、歩き始めた万歩の後ろを慎重に車を走らせた。

トンネルに入ると思ったよりも暗く、ひんやりとしていた。ひとりで歩くにはちょっとゾッとしたので、三三七拍子は今まで以上に万歩にとって味方となった。何度目かの七に合わせて足を下ろしたら、今までと違う音が聞こえた。自分の声でも足音でもなく、近づいてくる音。

チャラ～ラ、ラララララ～

ルパン三世。と、いうことは泥棒。万歩の頭は真っ白になった。こんな真っ暗な中で鉢合わせたら逃げられない。とり敢えず、思い切り右端へ避けた。見つからないようにと祈りながら。

息を整えていたら、冷静になってきた。私は泥棒ですと名乗る泥棒がいるだろうか？いや、いない。音が近づいてくる。

タンタタン、ターン

あなたは、誰？

次の瞬間、車のフロントが見え、続けて満面の笑みで手を振っている中年男性が見えた。トンネル内のライトが服を照らした。焦げ茶色のポロシャツ。源氏山で会った男性だ。怒っていないんだ！　万歩は慌てて夢中で笑顔で手を振り返した。暉也は、振っていた手の指で丸を作ると、ゆっくり走り去った。万歩の頭に歓喜の四文字が浮かんだ。和解成立。

またひとりになった万歩だが、もう怖くはなかった。逆に、トンネルから出ても顔がほころんでいたので、誰もいないのに恥ずかしかったくらいだ。しばらく歩いてもバイクの音さえ聞こえないので少し淋しくなり、三三七拍子とルパン三世のテーマとを脳内で交互に繰り返して気を紛らわせた。

暉也はコインパーキングに車を止めると、真っすぐに海へと走った。田中千鶴男を確認すると大声で、

「田中さぁ〜ん」

と手を振った。田中は半ば呆れているようだ。受付の長机のところまで来ると田中が、

「一件落着ってところか？」

と言った。ちょっぴりからかうような口調だ。暉也は一瞬ムッとしたがすぐに満面の笑みに戻り、トンネルでのいきさつを話した。

「幼なじみの方にお礼を言って下さい」

暉也は頭を下げながら封筒を二通差し出した。田中は、

「手紙と、これは？」

と、心持ち厚いほうを上にして尋ねた。

「寄付です。歩けなかったし、亀井さん宛の手紙にも寄付すると明記しました」

「有り難う。実は万歩さんも歩く前に」

「えぇっ」

「いや、この箱に参加費と同額をね」

「あ、ではこちらの箱に」

暉也は寄付金を封筒から出して、白い箱に入れた。空になった封筒を田中の前にかざして、

「使いますぅ?」

とおどけて言った途端、急に万歩と鉢合わせしたら照れくさいという思いが頭をもたげたらしく、暉也はそそくさと帰った。


万歩が再び人と行き交うようになったのは、商店街へ出てからだ。生花店の前を通り過ぎる時、ハイヒールを履いた派手なドレスの婦人とすれ違った。なじみのない香

りが鼻に届く。香水だろうか？　花の香りだろうか？

地図によるとこの商店街を過ぎると由比ヶ浜の隣駅が左手に見えるらしい。ゴールが近づいてきたのだ。嬉しくて歩みを速めようとしたが、目の前の信号が赤に変わった。理容院の前だ。三色のくるくる回る看板を見飽きて視線をつと横にずらすと、ガラスに自分の姿が映っていた。が、どこか変だ。気になって信号が変わってもそこにいると、服だと気づいた。改めて見ると、顔つきもほんの少し若い。もう一度服を見る。橙色のTシャツに黒いズボン。

「似合うじゃない」

という克絵の声を思い出す。そうだ、一緒に買いに行ったんだ。一年半前の自分自身だと気づくやいなや、理容院のガラスに映る万歩は軽く右目をウインクさせ、あっという間に頭から順に消えていった。信号が点滅している。慌てて走って渡った。

横断歩道を渡り切って一息つくと、何故映っていたのが今の自分ではなかったのかもう一度考えた。一年半前だと気づいたらウインクして消えた……。顔が少し若かったのがヒントかな？　と考えていたら、左側に江ノ電の駅が見えた。和田塚。ここまで戻れた！　喜んだら、ひらめいた。

彼女はきっと、あなたは成長したんだから自信を持って最後まで歩いてねと言いに来たんだ。ウインクしたのは、正体に気づいたのが嬉しかったからかもしれない。心の中で過去の自分に礼を言ったらこんな文句が浮かんだ。

あるけ　あるけ　じぶんのために
すすめ　すすめ　みらいへすすめ

実際に三三七拍子に乗せると、ハッとした。自分を成長させてくれたのは、このウォーキング会だ。人のために歩いてみようと参加したら、自分のためになっていたんだ。そして、それは歩き切っても続く。ゴールした経験が、これから先の人生の強みになってゆくんだ！

万歩は、これまでのウォーキング会を思い出していた。妙華を追い掛けたレインボーブリッジ近くの道。実際に親を亡くした子供と本音をぶつけ合った。貴重な機会を有り難う、妙華ちゃん。

兄と似た顔の像を見つけて母と笑い合った五百羅漢。ひとりで歩いていた人が笑い声に気づき、そこから三人で歩いた。彼女が実際に出会ったアジアやアフリカの子供が学校に行かれない理由とあしなが育英会が海外に学校を作ろうとしている話を聞いて、ゴール直後、親子でもう一度寄付したっけな。

三年前には、信濃町のスタート地点で諸星部長と隣り合って横断幕を持ったところがテレビで流れ、ニュースを見た先輩にひやかされた。でも、部長と朝礼で育英会の紹介をしたら、ひやかした先輩が歩きに来てくれたっけ。震災に遭った子供達のためのケアハウスへの寄付も会社全体で協力してくれて嬉しかった。

そして、一年半前の帰り道。父と江ノ電に揺られていて、ポツリと言われた。

「綺麗な海だったなぁ」

思わず目を見開いた。父がそんなしんみりと景色の感想を言うなんて。死期が近いのかと。

「有り難うな、万歩」

当たって欲しくない勘が見事に当たり、それが父とウォーキング会に参加した最後となった。

いつも、いつも、一人ではなかった。周りが一緒に歩いてくれたり、理解し応援し快く送り出してくれていた。

今日だって……。朝食をかっ込んだのに叱らず心配してくれた母。待っていて下さった受付の方。目を楽しませてくれた八幡宮の子達。思い出で支えてくれた親友や仕事仲間。思い出を一緒に作ってくれたリータ。知恵をくれたいとこの雄一。驚かされたけれど和解できた名も知らぬ男性。そして、楠よねさんと健太君。

驚いたことに、誰かと一緒に歩いた時より濃くいろいろな人との縁を感じていた。

弁財天での母親の言葉が蘇る。

「心の綺麗な人とのご縁ができますように」

私は、もうできている。それを実感したこともまた、今日歩いた意義だ。そうそう、狐にも助けて頂いた。鎌倉らしい体験だった。しかも、世界初？　狐さん、歩けています。有り難うございました。心の中でもう一度、狐にお礼を言った。

海に戻ると、まだ茶色い長机が残っていた。その後ろにはまだ、朝と同じ方がいらっしゃった。幻を見ている？　駆け寄って頭を下げる。

「遅くなってすみませんでした。待っていて下さり、有り難うございます」

「どういたしまして。お疲れさま。幼なじみの頼みを断るような野暮じゃないよ」

「幼なじみ？」

「あぁ、楠よねさんだよ。今、自宅の前を発ったからと受け付け延長依頼の電話があった」

「よねさん……。お礼を伝えて下さい」

「あいよ！　ひとりで歩くのも楽しかったろ？」

と言いつつ、万歩の顔をじっと見てくる。恥ずかしくなって顔を下に向けると、胸に田中と刺繍《ししゅう》があった。地図を描いたのは、この人だったんだ。田中さんは、私より先にひとりで歩いたんだ！　尊敬の念がぐっと込み上げる。

巧みな表現が思い当たらず、元気よく、

「はい！」

とだけ答えた。続けて何て言おうかと考えをまとめていると、白い封筒を差し出された。

「何ですか？」

「ファンレター。というかお礼状だよ。読めば分かるさ。帰り道のお供にな」

万歩は少し照れくさくなって、

「はい」

と、はにかんで答えて受け取った。

あとがき

この本を手に取って下さり、有り難うございました。生まれて初めて小説を書きましたので、分かりにくい箇所もあったのではないかと恥ずかしく思っています。

本書の主題である「あしながPウォーク10」というウォーキング会ですが、実はもう行われていません。数年前の十一月に今年はいつ行うのか、問い合わせの電話をあしなが育英会にかけたところ、運営者のなり手がいず中止したと聞き、衝撃を受けました。その時は、「今までお疲れさまでした。いろいろと有り難うございました」と言って切りました。でも、大好きで毎回のように参加していた行事が突然なくなってしまった寂しさや良いことをしている団体の窮状を思うと、もやもやが残りました。

そこで、もう一度育英会さんに連絡しました。今思うと随分無謀でしたが。

「小説という形にしても構いませんか？」

すると許可して下さったうえに、遺児達の作文集を送って下さいました。感謝申し上げます。

妙華という女の子は、私が実際に会った子ではなく送って下さった作文集を読んだ私の感想といいますか印象の中からひとりでに立ち上がってきた子です。ですから、誰か特定の子ではなく誰でもあり誰でもない感じです。誰でも何かの要因で両親または親の一人を亡くし得るというメッセージも込めました。

Pウォーク10が中止されたのは、今まで運営を担っていた大学生が学業とアルバイトで手いっぱいになってしまったからです。

この小説を書こうと思ったのは、私が万歩のようにPウォーク10によっていろいろなことを教わったからです。自分を成長させてくれたものが人々の記憶から消えていくのが怖いという思いもありました。この会が実在したということを一人でも多くの人に知ってもらえたらと思い、ない知恵を絞りました。原稿が書けても世に出す手段を知らなかった私に、出版社の方が手を貸して下さいました。

一つだけ登場人物について述べさせて下さい。

二磯町役場の二階堂さんについてです。実は、二階堂という名字は鎌倉が発祥です。

なので、鎌倉が主な舞台のこのお話に登場させようと思いました。二階堂さんをどの部分に登場させるか迷っていたところ、逆に二磯という架空の町にしか出てこないのも面白いと思いそうしました。二磯という地名とも韻を踏んで妙な印象を残せたと思います。主題が固いので、少しでもクスッと笑える所を加えようとしました。

ボランティアという他では味わえない体験ができたうえに、それを文章化することを許して頂き、こうして本にすることができました。

作文を書いて下さったお子様方、あしなが育英会の皆さん、出版社の皆さん、作品のモデルになって下さった方、ボランティアに参加することを許してくれた母、そして読者の皆さんひとりひとりにお礼申し上げます。本当に、有り難うございました。

著者プロフィール

新橋 典呼（にいばし ふみよ）

1973年2月生まれ。
神奈川県在住。
図書館のカウンターや病院の受付を含む、派遣事務多数勤務。
趣味は芸術鑑賞と散歩。

鎌倉　ひとり　10km

2020年12月15日　初版第1刷発行

著　者　新橋 典呼
発行者　瓜谷 綱延
発行所　株式会社文芸社
〒160-0022 東京都新宿区新宿1－10－1
電話 03-5369-3060（代表）
03-5369-2299（販売）

印刷所　神谷印刷株式会社

ISBN978-4-286-22170-0